KB120782

사과시럽눈동자

시작시인선 0250 사과시럽눈동자

1판 1쇄 펴낸날 2018년 2월 5일
지은이 임현정
펴낸이 이재무
책임편집 박은정
디자인 이영은
펴낸곳 (주)천년의시작
등록번호 제301-2012-033호
등록일자 2006년 1월 10일
주소 (04618) 서울시 중구 동호로27길 30, 413호(묵정동, 대학문화원)
전화 02-723-8668
팩스 02-723-8630
홈페이지 www.poempoem.com
이메일 poemsijak@hanmail.net

ⓒ임현정, 2018, printed in Seoul, Korea

ISBN 978-89-6021-355-5 04810
     978-89-6021-069-1 04810(세트)

값 9,000원

사과시럽눈동자

임현정

천년의 시작

네 혀가 되는 건 어떤 기분일까

말랑 식빵을 파먹다
주저앉듯 네가 되는 건

사랑해 대신
나쁜 말을 하는 건

차 례

시인의 말

Ⅰ. Bro

사과시럽눈동자 ——— 13

볏 ——— 15

틀니버스 ——— 16

별 ——— 17

나라는, 버섯 ——— 19

사카린 ——— 21

김, ——— 23

3분 카레 ——— 25

은 하수 ——— 27

브레인 커리 ——— 30

Ⅱ. 치즈태비

어쩌다 곰 ——— 35

뼈로 만든 목걸이 ——— 38

볼우물 ——— 40

물가 집 ——— 42

붉은 다라 ——— 44

양은이 ——— 46

밭을 사이로 총! ——— 48

레일을 달리는 소녀 ——— 50

기왕 초능력이라면 ——— 53

Ⅲ. 굴 빌라

Under the Sea ——— 57

바다눈물손수건 ——— 60

로드 뷰 ——— 62

병영성 ——— 64

지우개 ——— 66

파인애플편의점 ——— 68

건포도유원지 ——— 70

강냉이는 아니었대 ——— 72

잭필드여름숨쉬는바지 ——— 74

Ⅳ. 분실물센터

사과 궤짝 ——— 79

눈을 감았다 뜨면 ——— 81

미래의 맛2 ——— 83

두부 공장 블루스 ——— 85

황금빛 열기구 ——— 87

맞춤식 총 가게 ——— 89

스팀 트레인 ——— 91

철도박물관 ——— 93

헌책방이 있는 거리 ——— 95

계단이 있는 화실 ——— 97

Ⅴ. 칸나

밥집 ──────── 101

저수지식당 ──────── 103

번개 한 다라 ──────── 105

폭주족 윈드 씨 ──────── 107

미스터 칼과 그의 측근 ──────── 109

무궁화맨션 101호 ──────── 111

용사 K ──────── 113

도시락폭탄제조회사 ──────── 115

K의 방주 ──────── 118

해 설

신동옥 다만, 일 인분의 숨 ──────── 120

Ⅰ. Bro

사과시럽눈동자

먼지로 이불을 깁는 솜틀 벌레가 있대
살가죽에 굴을 파는 수도사 벌레도

침수된 소파 밑에서 발견된 묘지
오랜만에 물장구를 쳤겠다
옛날 옛적 빠져 죽은 그 애

넌 치즈 맛, 땀 맛, 화약 맛
간질간질 돋는 건 이가 아니지
사각사각 갉는 건 숨이 아니지
핥다 보면 깨물게 되는 키스의 법칙대로
우린 처박히고 너는 진격한다
진눈깨비 내리는 들판,
영혼은 사라지는 게 아니라
흩 어 진 대
널 닮은 난, 바스락대는 귀를 가진 예쁜 짐승

손톱을 주워 먹던 가난한 그 애는
흰 밥을 산처럼 주는 그 집에서
똑똑한 자손이 되었대

쥐 오줌처럼 번지던
소파 밑에

돌을 던지던 소년들이 복도 끝으로 달아난다
사과 꼭지 같던 소년들이
다락까지 자라
어둠 속에서도 빛나는 눈

병에 담긴 달콤한 시럽
영원히 깨지 않아도 좋아
네 눈동자가 될 수 있다면

가끔은 네가 나인 것 같애
작은 뇌세포가 꾸는 허무맹랑

망루에서 내려다본 여긴 낮고 따뜻해

흩어지기 직전의 것들이 그렇듯

아직 따뜻해

벗

목이 잘린 후에도
아주 잠깐 볼 수 있다고 해

광어는 봤을까
동강 난 몸이 명랑하게 팔딱이는 걸

네가 떠난 후에도
내 사랑은 아주 잠깐 팔딱이는 걸

벗 아래 서면
가장 환한 가지를 잘라
목에 꽂고 싶다
말 대신 꽃잎이 날아갔음 해

잘린 너도 아주 잠깐 꽃을 피우겠지

틀니 버스

진즉에 뽑아버린 젖니를 돌려 달라는 아이

어디로 갔을까

어린 쥐의 공깃돌인지도 몰라

모로 누운 그 애도
안간힘을 다해 젖니

저만치 떠가는 손톱 달처럼
다시는 돌아올 수 없대

너보다 먼저 소풍 중인 것들

한발 먼저 떠난 그 애들은 어디쯤 있을까

저무는 달빛에 첨벙 발을 담그다
생긋 돌아볼까

이제 왔어, 주인

별

가벼운 미열에도 스댕은 오, 뎅처럼 따뜻해지지

스댕을 모아 만든
백동전 같은 별이 있다면,

너는 어느 냄비에 담겨질래?

팟, 하고 익어버릴지도 몰라
빨간 국물 속에서 팟 팟 파 맛으로

모퉁이를 도는 매운맛 바퀴라니
파 맛 나는 깔창이라니

심장에 자루가 달려 있다면
혼자 먹기엔 모자라는 국자의 분량으로
일 인분의 숨은 얼마나 쉽게 바닥날까

나빠지기 위해 태어나는 것들도 있지
불꽃을 내며 타들어 가는 은박 라벨들처럼
연기로 블록을 쌓을 수 있다면

구름은 도미노 같은 계단 끝에서
뭉게발꿈치로 불씨를 비벼 끌 텐데

한 눈이 한 눈을 사랑해서 그만 사팔뜨기래
내가 다른 별을 사랑해서 산더미 같은 해일이래

은빛 스테인리스가 밀려온 해변

어쩌면 스댕이 아닌지도 몰라,
온기를 가졌던 한때를 부르는 이름

달큰하게 익은 파
소다가 찍힌 핑크빛 혀
네 숨이 우러나던 스댕 컵
세간만 남은 별

고물로 만든 별이 있다면
동그랗게 뭉친 은박지 같은 별이 있다면

너는 어느 냄비에서 반짝할래?

18

나라는, 버섯

당신의 다리가 버려진 숲 속
수줍은 나는
알록달록 우산으로 태어나지

찬비 쏟아져도
끌어 덮을 묏동 하나 없는 당신을 위해
살금살금 마중 나가는 우산

기척에 숨을 거면서
부끄러워 죽을 거면서

폐가처럼 불쑥 나타나지

그래도 사람 사는 마을에 들렀다 가라고
마지막으로 한 번 더
헛불이라도 켜고 가라고
가파른 산길마다
전등처럼 반짝하지

죽은 줄도 모르고

새살림을 차리면 어쩌나

나무 뒤에 숨어 기웃대는
애인

땅바닥에 엎질러진 당신을
쪽쪽 먹고 자란
예쁜 유령

그리운 당신을 향해
한 발 더 내딛다가
땡볕에 녹아내리는

나라는
버섯

사카린

심심산골, 사카린 같은 눈이 반짝이는 거기
아궁이 앞에 나란한 도둑고양이나 되까?

그는 푹푹 콩을 삶고
김이 펄펄 솟는 게으른 아궁이를 삶고
그가 만든 흙벽돌 같은 메주들이 들보 아래서
캄캄한 옹기를 꿈꿀 때
그럼 난, 누름돌이나 되까?

미운 가시내 뒤통수를 후려치듯
호두를 까는 사내

눈곱을 떼는 당신의 발치에서 야옹,
멸치 대가리 한 줌과
닭벼슬 맛 사료
싸락눈 몇 점이면
난 천장에 매달린 곶감처럼 방글댈 수 있어요.

당신에겐 나와 곶감과 로켓 건전지를 매단 얌전한 고물
라디오뿐

우리는 정답게 소멸 중인 거죠?
양파망 그득한 병세들처럼

봄이 오기는 하나?
이 심심산골
고양이네 부엌에

당신이 도망친 쿵짝쿵짝
나라는 꿈속에

김,

검은 돛 같은 밤을 오려
밥에 싸 먹던 죄수가 있었지

먼 타국에서 온 푸른 눈의 죄수

죽은 선원의 머리 다발인가
그림자처럼 번져가던 암초인가 하다가
결국 목구멍으로 밀어 넣던
난파된 밤은 이런 맛
낙조처럼 떠밀려온 죄 말고는
아무 바위에 엎어져 있던 죄 말고는
찝찔하고 비린 허공의 맛

김발에 갇힌 사내가 버짐처럼 말라갈 동안
때에 전 먹색 치마 밑에서
갯내 나는 혼혈이 태어나고
그가 나막신에 꽂혀 있던
꽃다발 같은 발목을 잇는다

웅덩이에 갇힌 유생처럼 떠밀려 온 죄

그만 김발에 갇힌 죄

갯바람에 마른 김을 잿불에 구우며
그가 노랑내 나는 모국어를 잊는다

처음 엎어졌던 그 바위처럼 그가
김, 하고 나직이 불러본다

흔하디흔한 당신을 그제야 알아챈 듯

김,

3분 카레

마을 하나가 폭발하고
노란 짚더미 위
너의 심장이 남겨지는 것
아니 어쩜 그건 억울한 양의 염통
토끼가 씹던 당근 조각이거나

수화기를 통해 지령을 전달받던 잠수함
누수된 눈물이 전화선을 녹일 때
소년병이 유황빛 계곡에 처박힌다
간이침대엔 양배추 이파리 같은 애인의 편지

노란 고름이 쏟아지던 옥상
겨자 소스를 바른 샌드위치를 베어 물며
지상을 내려다보던 소년
깁스는 언제 풀어?
곧

늪을 건너왔지
　일회용 숟가락 같은 악어들이 배를 뒤집은 채 죽어 있
는 곳

우리가 밟은 게 젖은 나무토막이었나, 질기고 질긴 누군
가의 팔다리였나,
　성당 종소리가 멈췄다
　밀봉하듯 밤이 오고 있어
　물가 오두막으로 뛰어들까
　배꼽 같은 거기서 서로의 목이라도 조를까
　주홍빛 어깨를 드러낸 그 애가 웃는다
　금세 난파될 소파 위에서?

　어느 나라엔 화학조미료로 만든 소파가 있대
　그럼, 카레 맛 소파는? 동시에 시작되는 키스 맛 소파는?
　우리는 영원히 멈춰 있는 건지도 몰라, 검은 터널을 통과
하는 은빛 총알 속에서

　벙커가 공개되고
　마지막 3분이 쏟아졌다
　그를 노랗게 휘젓던 향정신성 알약들과 그녀가 뜨다 만
치자색 스웨터
　쓸데없이 고귀한 3분의 절망이
　이윽고 접시를 물들였다

은 하수

우린 한 구덩이에 버려졌어요
가슴에 박힌 국기는 다른데 말이죠
피 웅덩이를 핥는 개 같은 하늘가에서
더는 스며들 구름도 없이

팔다리가 해체되고
갈비뼈가 드러나도록
반가운 트럭을 향해 달렸는데
아군인 줄 알았죠
몰래 동맹을 맺고
몰래 묻어버릴 줄은,
몸통만 남은 그 앤
군번이 아닌 그램으로

항생의 밤 방공호에서 하는 외팔이도 있죠
부럽다 형
할 수 있다고 믿는 게
그렇게 태워 먹고도
모닥불을 쬐는 형도
불지옥보다 뜨거운 탱크 속에서

동등한 느낌이야 고기 타는 냄새
다 타고 포장된 머리만 남았지 철모가 나를 지켰어
좋겠다 형
더는 태울 게 없어서

매몰된 영혼은 누구의 체액이 될까
더는 젖지 않는 붕대처럼
바짝 마른 혈관이 될까
트럭을 향해 달려가는
오그라진 손과 발이 될까

불순물 없는 기름처럼
우리의 숨이 섞이는 지금
연막보다 가벼운 지금
새카맣게 날아드는 파리 떼보다 높은 지금
죽어서야 임무 완수

고마워, 대장
적지에 고립된 포로들처럼
무참히 죽여줘서

은하수처럼 흘러가는 영혼만 남겨줘서

Thanks, Bro

브레인 커리*

그거 알아, 네가 뜯어먹던 분홍 장미로 향을 만든대
은은한 체취를 지독한 악취로
에이치, 재채기로 만든대

너무 휘젓진 마세요
어제 학살한 장미 향을 토할지도 모르니까

동시에 고꾸라지는 이 행운을
널 찾아 헤매지 않을 이 다행을,

축복처럼 쏟아지는 커리와
소금에 절여지는 죽은 애인의 기억과
너를 미치게 하던 연분홍 입김

온갖 향신료에 버무려진 이 맛난 수프
너와 내가 뒤섞인 최후의 만찬

죽어서야 널
죽어서야 날

우리는 비로소 한 접시야

* 브레인 커리: 양의 뇌로 만든 커리.

Ⅱ. 치즈태비

어쩌다 곰

어쩐 일로 나는 곰이었는데
철창 밖으로 찔끔찔끔
쓸개즙 같은 사랑을 흘려대는
순하고 미련한 곰이었는데

불붙은 링을 뛰어넘을 때마다
허물어져 가는 갈비 아래 피 묻은 돌멩이를 괴는
재주넘는 곰이었는데

흩어지는 환호성을 모을 수만 있다면
우린 천막 밖으로 떠오를 수 있었을 거야
모든 흩어지는 것들은 구름의 습성을 닮았어
공중그네에서 추락하는 너처럼
착지를 배우지 못한 빗방울처럼

죽은 체를 하는 네 곁에
늠름한 가죽 소파처럼 누워 있어
다음에 만날 땐 꼭 죽은 체를 해
길들여진 곰은 죽은 것만 먹으니까

창백한 입술이 수프를 스읍, 핥을 때
나는 나머지 한 발로
물구나무를 선다
곰이라서 다행이야, 수프를 끓일 발이 네 개나 있잖아

새들의 궤적은 버찌씨를 벗어나지 못해
벚나무 아래 앉은 당신을
내가 벗어나지 못하듯
어떤 좌표들은 부리에 닿기도 전에
내리막을 굴러 발치에 쏟아진다
내달리는 차에 함부로 뛰어든 휠체어 바퀴처럼
내가 닿기도 전에 제길,

그러니까 나는 곰이었는데
참으로 알뜰하게 발라 먹힌
맛있는 곰이었는데

뭉게뭉게 솜으로 속을 채운
예쁜 박제 곰이었는데

죽은 무희가 가장 아끼던 짐승,
가장 먹고 싶어 하던 먹잇감이었는데

그래서 더는 얌전할 일도 없이
철창 밖을 질주하다
사살당한 나였는데

어쩌다 나는 곰이었는데

뼈로 만든 목걸이

내가 산더미 같은 초식 공룡이었을 때
초록을 몰살하는 순한 사막이었을 때

너는 옆구리를 베어 먹고 도망치는 사나운 허기

떼를 지어 사냥하던 눈발들이
네 등짝에 내려앉는다
한 발짝 뒤엔
온통 뜯어 먹힌 내가
버려진 서식지처럼

언젠가
화산재 아래 파묻힌 연인들을 발굴할 테지
서로의 목덜미를 물며 시큼한 진물을 빨며
폐허 속에 스러진 사랑을 발굴할 테지
그의 잇새엔 반짝이는 뼛조각이
저주처럼 박혀 있을 테지

산더미 같은 사랑에 깔려 죽은
육식의 사내가 바스러진 턱뼈로 웃을 테지

안녕, 내 사랑

비로소 햇빛이네

볼우물

젓갈을 좋아했다는 공자
잘만 먹다
아끼던 제자가 젓갈이 되어 돌아왔을 때
비로소 젓가락을 내던졌다는 스승
너무 익숙한 맛이라 그랬을까
아니면 맛나 죽을까 봐

구두가 쌓여 있는 유대인 전시실처럼
맛으로 분류된 별실이라면
나는 어떤 맛으로 흩어질까

왜 간만 빼먹니
가슴 치는 네 맛이라
먹다 보면 네가 될 것 같은 맛이라
피 맛 푸딩을 녹여 먹던 그 애는
내가 됐을까

쥐를 묻은 자리에
해바라기가 피었대
양 볼 가득 네가 피었대

꽃대를 올려다보며 웃는 그 애

물고기는 영혼까지 비리대
양상추는?
영혼까지 아사삭

개 한 마릴 달아놓고
입맛을 다시던 이웃들처럼

사랑을 받던 심장은 더 쫄깃할까

아마도,

네가 먹은 나처럼,

물가 집

콩이 전부인 맛없는 밥도 괜찮아
바구니 알들을 따뜻하게 부화시켜주는 엄마
본래 꿈은 암수 구분이 있다죠
새끼를 까지 못하는 수수한 꿈들만 헐값에 팔린대요
동그란 언덕마다 피가 묻어 있어요
형제들이 덜 마른 부리를 기댄 흔적

물가로 내려가는 내리막에서
물결 몇 장을 책장처럼 넘기던 그 애가 사라져요
엄마 품에서 피비린내가 모락모락 피어올랐지만
이곳에선 어떤 징조도 시시해요
우리는 피 묻은 깃털이 잔잔히 흩어지는 물가 집에 사니
까요

울음소리만으로 우릴 구분하는 엄마
사라진 그 애는 조금 낮은 뒤척임
동시에 바구니에 던져진 우리는 울음소리가 닮았어요
그 애만
내 비명을 구분했었는데

그 애가 사라진 그날처럼

엄마가 몇 줌의 사랑을 훠이훠이 던져줬어요

통통하게 살이 오른 내 심장이 엄마의 욕심에 꼭 맞았으면 좋겠어요

엄마, 고마웠어요

이렇게 예쁘게 길들여주셔서

근데 그거 알아요?

죽음은 엄마를 꼭 닮았대요

마음이 푹 놓이도록

뭘 해도 놀라지 않도록

아주 꼭 닮았대요

붉은 다라

통에 던져 넣은 붕어들이 바닥을 치며 울었다

그게 내 마음이었는지도 모른다

당신을 향해 부풀던 부레와
밤으로만 흘러가던 수로들이
수챗구멍에 버려질 때

얼마나 다행인가

당신 대신 잡아먹히는 게

내가 키우던 무른 저수지가
당신을 놓치고 만 게

밤 고양이들이
협심증을 앓는 당신의 심장 대신
내 심장을 물고 가는 게

나를 빌어 하루를 연명하는 게

나를 버려 당신을 연명하는 게

얼마나 다행한 불행인가

양은이

반질대던 상판대기도
반짝 솟구친 귀때기도
당신을 위한 게 아니야

불어 터진 라면발이나
시금털털한 찌개 따위가
우리의 심장이 될 수 있을까

당신을 위해
나는 뜨거운 객기로 넘치다가
자글대는 애간장으로 눌어붙다가
송두리째 태워 먹었네

객혈하듯 탄가루를 쏟아내고 자빠지던 그 수돗가

컹 짖었던가, 당신

온갖 냄새가 묻은 나를
온갖 손때가 묻은 나를
연분홍빛 혀로 핥던 당신

흙탕물이 튀기는 개집 아래
비로소 애타는 고년이 되었네
싹싹 핥아도 돌아오지 않는
죽은 고년이 되었네

밭을 사이로 총!

구부러진 못처럼 앓아누운 밤이면
나를 향해 있던 녹슨 쇠붙이들이 밤새 흔들렸다

그건 당신의 호명

울타리에 매달린 깡통이며 냄비 뚜껑 따위가 살갑게 인
사하는 그 밭,
노랗게 밑이 든 고구마를 달게 먹었던 것인데
당신이 여름내 가꾸던 그 밭에 무성한 기척을 남겼던 것
인데

내가 아는 것은
약통을 메고 한뎃잠을 자는 벌레들을 쓸어내던 당신
울울한 덫을 심고 벌거숭이 두더지들을 몰아내던 당신
깡패의 불온한 맹세처럼 그 구역, 그 끄나풀을 지켜내
던 당신

그래서 난
우리가 그 밭을 사이에 두고 뜨거운 줄 알았는데

자루 빠진 낫이며 호미를 주렁주렁 매달던 그 어깨가
오직 내 것이었던 그 팔뚝이
내게 총구를 겨눌 줄은 꿈에도 몰랐는데
그가 키운 올망졸망한 숨통들을 겨눌 줄은 정말로 몰랐
는데

나는 그 밭이 감쪽같이 우리들의 것이라
우리가 밭을 사이로 꼼짝없이 사랑하는 거라
명명백백 생각했었는데

시든 그늘을 걷어내던 그 손으로
김이 피어오르는 염통을
꼬물대는 새끼들을 꺼내며
당신이 싱그럽게 웃는다

이 지긋지긋한 돼지 새끼들,

레일을 달리는 소녀

쇠바퀴를 신고 레일을 달린다

배낭 가득 든 건 당신을 위한 공기, 공기

누군가는, 가방 가득 벌레를 배달했다지
자꾸만 부화하는 배낭이라
꿈틀대는 국숫발처럼 교각 아래로 떨어졌대

가볍고, 긴박한 공기라 좋아
발끝에 힘을 모아 쌩

총을 든 불한당은, 실은 알코올중독자야
허공으로 날아간 총알은 구름이나 관통하나
마지못해 그의 발등으로 쏟아지나
뒤에 맨 건 뭐야?
공기
젠장, 제일 흔하고, 제일 맛없는 필수야! 꺼져!
유순한 불한당이 팩 소주를 쪽쪽 빨며 외친다

굴다리 소년들을 조심해

반짝하는 것에 홀렸다간
한물간 브로치처럼 버려질 테니까
앞을 가로막는 쇼가 통할 줄 알았니?
외마디 비명을 지르며 대장 소년이 고꾸라진다
괜찮아, 발가락이 조금 닳았을 뿐이니까
고래고래 내지르는 사랑스런 쌍욕은,
진심으로 간직해

주인 없는 롤러스케이트가 버려져 있기도 해
우리들은 단 한 번도 목적인 적이 없는데,
나무 위에서 늘어지게 하품을 하는 표범의 이가 붉다
가장 안전한 곳이 이 무거운 쇠바퀴라는 거
믿겨져
내달리는 건 우리가 아니라 이 레일이라는 거

조금씩 정차할 때마다 조금씩 지체할 때마다
부풀었던 배낭이 조금씩 줄어든다
빌어먹을 거지에게
칼을 든 악동에게
길 위의 선지자에게

한 줌씩,
통행세가 없는 국경 따위 없으니까
우린 모두 국경이니까

드디어 도착했다
느닷없는 폭격으로 폐허가 된 마을
집중포화가 쏟아진 관공서에
사라진 이름, 사라진 기억들로 빼곡한 지하 서고에
죽어가는 너에게

공기 한 줌을 불어넣는다

마침내

흐릿하던 사랑의 기억이
끔찍한 익사체처럼 뇌수 밖으로 둥실 떠올랐다

기왕 초능력이라면

슬리퍼를 끌고
물에 잠긴 네게 가는 것

문지방까지 밀려든 빗물을
쓰레받기로 퍼내며
참 맑다, 네 피

기왕 초능력이라면
희박한 네가 되는 것

사랑해,

네 숨을 섞어

말해보는 것

Ⅲ. 굴 빌라

Under the Sea
-yellow ribbon

거긴 폐업한 목욕탕이래요
담벼락도 무너지고 물세도 밀렸대요
이제 그만 뒷줄로 가세요

물먹은 붕대 같은 그 애 차례니까

허파처럼 부푼 구명조끼가 다예요
감자를 도려 만든 무른 도장처럼
푸른 발자국을 찍던 그 애

그 앤 해파리 같은 장기를 가졌어
감미롭게 헤엄치다가 별안간 터지는,

뱃머리에 떠오른 연약한 기포들처럼

천 개의 이빨로 할 수 있는 일이
고작 연기를 무는 일이라니
모락모락한 의심 대신 진실을 말해볼까
물빛 지느러미를 잘라, 수프를 끓인 작자가 누군지
심증뿐인 샤크는 쿠키 커터에게 전활 걸어

이참에 생일 파티 어때?
구워 먹을 반죽들이 산더미야
제발,
무서워 죽겠어, 남겨진 내가

결국 미뤄질 거야
꼬불꼬불 전화선에 매달려
한 번만 불러보면 안 돼요?

엄마,
잘 있지?
나도,

물속으로 드리워진 전화선

기다림이 전부인 이곳

줄 끝에서 기다리다 보면

그리 애타게 전화를 걸고 싶던 그 애가

툭툭, 어깨를 치는

누구한테 걸게?

바다눈물손수건

눈물의 농도라면
우린 아무 데서나 자라
잔뜩 늘어난 팔뚝 같은 밧줄에도
까무룩 바위에도
우린 아무렇게나 자라
상습침수지대 우중충 빌라에서 빨래를 널던 언니는
언니보다 무른 게딱지에게 속을 파먹혔다
걱정 마, 금세 다시 차오를 거야
우리의 바다눈물손수건

물난리가 나면 차오르는 빗물로 세간을 닦지
사기 밥그릇도
벽에 튄 비명도
공단 블라우스에 밴 땟국까지
왈칵왈칵 윤나게

앞집은 난간 끝 옥탑
뒷집은 반지하 셋방
내 지붕 위에도 물이 줄줄 새는 눈물 장판이 있어
슬라이딩하는 빨랫비누가 있어

이불째 끌어내도 몰래 숨어드는 달방 같은,
지지리 궁상 빌라에서
희게 피어나는 허벅지 같은 거
막무가내 아기 울음 같은 거
퉁퉁 분 젖 같은 거
베란다에 숨어든 달빛 고양이 같은 거

쇠꼬챙이 같은 인부들이 달려들어도
집채 떼가 버려도
제 발로는 죽어도 못 나가는
볕 좋은 공동묘지처럼.

반쯤 잠긴 눈썹 같은
우리들의 굴 빌라가 있어

로드 뷰

나무가 꾹 짜낸 뾰루지
은행알 흥건한 도로변에는
점프하는 그 애가
어째서 신호등은 우리 앞에서만 느려지지

간밤에 내다 버린 솜이불 밑에도
폭주하던 갈색 스틱들이 끼익,
꼬리의 습성은 막다른 골목이니까

생물 오징어처럼 젖은 아저씨
물고기들은 지느러미가 발이 되는 순간을 기억할까요
그렇게 먼 미래의 일을?
구름이 녹슨 배관을 타고 흘러갈 동안
빨판이 모여 입술이 되고
다리가 모여 진흙탕이 되는 발악을
스티로폼이라도 깔고 주무세요
얼음으로 치장한 생선들처럼

계란찜 같은 들판을 등지고 누군가 숟가락처럼 걸어오네
로드킬 전의 할머니

방바닥이 길바닥인 줄 몰랐죠
혓바닥부터 길바닥인 줄은 몰랐다
그토록 살벌한 입국 심사라니,

금세 합류할 거예요

해변에 떠밀려온 조개껍데기의 명단에
조약돌의 부드러운 윤곽에

물고기였던 당신이
조심스레 지느러미를 내려놓는 해안

아가미를 닮은 귓바퀴로
모든 떠밀려 가는 것을 그리워할 어린 포유류에게

먼 미래에게

병영성

웅크린 그림자마다 헌데를 핥는 고양이 같고
수그린 채 밥을 뜨는 앞섶 같고

염병처럼 밀려드는 네가 무서워 쌓았다는 성곽
보초를 서다 불화살에 맞았다는 그 옛날의 소년병
천년을 간다는 종이 갑옷을 입고
가장 환히 불탔을 목숨이라 다행이야

들고양이처럼 수풀 뒤에 숨어
활을 겨누던 그 애
성을 기어오르기도 전에
운석처럼 떨어지는 돌에 맞아 다행이야

깻단 같던 웃음과
모락모락 아궁이 같던 불행을
단번에 끝낼 수 있어서

강물에 입술을 대고 핥던 네가
송사리를 두 손에 가두던 네가
더는 죽을 수 없어서

쭈그리고 앉아 졸졸대던 그 애와
마른 풀숲에서 후두둑 빗발치던 내가

씩,
웃을 수 있어서

강물로 흘러들던 순한 오줌발처럼
시시해질 수 있어서
정말
다행이야

지우개

그의 가슴엔 소용돌이치는 흑점
한밤의 집중포화도
까마득한 어딘가에선 그 계절의 별점
심장에 박아 넣던 얼음송곳도
따뜻한 별자리로 빛날 거야

굴뚝에 빠져 죽은 어린애처럼
난 점점 검어지고, 점점 더 타들어 가
사랑을 지울 때마다 어린애처럼 줄어드는 그가 천진하
게 웃는다

사라진 유리 조각들은 어디로 갔을까
서핑하듯 혈관 속을 흐르다가
탄광 속 보석처럼 반짝 하나, 네 눈 속 파편들처럼

해 질 녘 골목을 샅샅이 뒤지는 사람
검은 봉지를 터뜨리던 오점 같은 고양이가 지워지고

지척에서 멈춰선 발소리

검게 웅크린 그 애들을 지우다가
손가락이 뭉개진 사람
그래서 더 무서운 괴물

머리 검은 짐승 몇을 지우고선 흑흑대던 그가

이윽고 양철 필통 속에 처박힌다.

파인애플편의점

누렁도 아니고 바랜도 아니고 노랑
막 완성된 바나나
왁스로 반들대는 레몬
보송보송한 리틀 덕

역 하나가 붕괴되고
그는 무너진 카스텔라에 갇혔어
연약한 지반 때문이라는데
억지로 익히는 과일 따위 멀쩡할 리 없지
아무 데나 찍찍대는 리틀 덕처럼

불안은 노랗고 시큼한 맛
하루아침 낭떠러지가 된 편의점에서
노란 유니폼의 직원은
돈다발을 세고
물건을 진열하고
죽은 리틀 덕을 폐기한다
날 수 없는 노랑이라니, 비참해

치자 물이 든 밥알을 깨작대다

이제 그만 퇴근해도 될까요
금세 시드는 노랑
반점 투성이 노랑
무참히 흘러내리는 노랑
노랑의 유통기간은
스테이지에서 녹는 버터만큼이나 짧아
노랗게 뜬 치즈가 샌드위치에 처박히는 것처럼

성별이 제거된 노랑을 길들이는 사람도 있죠
노란 신물을 토하고 죽은 노랑 앞에
불안해 죽는 노랑도 있죠

소용돌이치는 노랑이라도 좋아요
헬로우도 못 되는 옐로우 따위 집어던질 각오로
이 산뜻한 노랑에서 겟 아웃

황달을 내건 고양이가 절벽 아래로 점프하기 전에

건포도유원지

안개를 모아 술을 빚는 마을이 있대
안개의 실족이
유일한 식수원이 되는 마을이 있대

고무 패킹처럼 벗겨지던
우리의 눈꺼풀은 어디서 실종됐니

망한 유원지, 망할 수조 속에
모든 물고기들의 사인은 질식사야

가방 속에 숨겨온 알루미늄 캔의 둘레가 반짝일 때
경비원의 손전등이 네 눈빛처럼 잦아들 때
졸여진 심장에선 무슨 맛이 나?
검은 봉지를 쓰고 죽은 과육의 맛

자판기 밑으로 굴러간 동전처럼 마지막이야
혀로 입술을 핥는 너
이토록 고요한 거로구나
물기가 마른다는 건

여긴 젖었다 마른 흔적들만

밤새 걷는다 한들
우린 눈물의 윤곽을 벗어나지 못해
가지 끝에서 말라버린 포도처럼
과즙을 핥던 벌레까지 그대로 가둬버린 관람차처럼

여긴 가물수록 달콤해

쿠키에 박힌 죽은 낙타처럼
끝끝내 달콤할

우리들의 건포도유원지

강냉이는 아니었대

우리를 만드실 때

분유 깡통에 와르르 쏟아지는 우리를 만드실 때

처음에 우리는 아주 작은 알맹이
양손에 흠뻑 올라오는
눈코입도 까마득한 알록달록 점백이

아주 대글대글한 동그라미였대
도무지 팔다리가 돋지 않는 막무가내 종자
영 글러 먹은 씨알머리였대

처음에 우리는 숨을 담을 봉지도
죽을 때까지 내달리는 핏빛 통로도 갖지 못했대
자꾸만 몸이 마르는 햇빛과 뒤통수를 쏙아 먹는 깜찍한
이빨만이
우리가 가진 전부

검정콩 같은 흑염소도
좁쌀 같은 병아리도

깡통에 담겨선

줄의 마지막 끝엔 우리가
산더미처럼 튀겨질 우리가

사카린 같은 입김에 달달해질 우리가
허파 가득 고소한 바람이 들 우리가

그제야
뻥뻥,
태어났대

처음에 우리는 아주 작은 알맹이
당신이 머리맡에 두고 자던
아주 예쁜 씨앗
당신이 솎아놓은 단꿈이었대

함부로 튀겨져선
심심풀이로 까먹는
허풍선이 강냉이는 아니었대

잭필드여름숨쉬는바지

그의 바지는 미치고 팔딱 뛰겠다
선두에 선 단추가 핑 하고 날아갈까
지퍼가 투두둑 선로를 이탈할까
실밥을 인질로 잡은 가랑이가 홧김에 자해 공갈을 할까

털북숭이 잭필드가 드렁드렁 코를 골 때
드디어 여름숨쉬는바지가
모기장을 통과하는 약삭빠른 바람을 꼬드겨 부스스 일
어났다
현관을 넘고
냉 보리차 같은 가로등을 넘어
아랫도리만 남은 채로 내달리기 시작했다

막혀 있던 숨구멍들이 뻥뻥 뚫리고
노상 젖어 있던 허리춤이 싸해졌으며
비닐 소세지처럼 조여 있던 허벅지도 펄럭이기 시작했다

그래, 잭필드여름숨쉬는바지
사철 기모 바지만 고집하는 바보 고양이들이 작당 모의
를 하는

옥상에 걸려 팔락팔락
백기처럼 팔락팔락
이제야 이름값을 하는 거지

팬티 바람의 잭필드가
다세대주택 대문간에서
터진 만두처럼 발견되기 전까진

잭필드여름숨쉬는바지는
그때까지도
지가 달린 줄 알았다며?

Ⅳ. 분실물센터

사과 궤짝

검은 연기가 피어올랐어

우리는 밀밭 빛깔 트럭을 타고 있었는데
유리창에 거미줄 같은 금이 가 있었지

아직 앳된 운전병이
가슴 밖으로 빠져나가는 숨을 힘겹게 몰아쉬고 있었어
뜨거운 액체가 바지를 적시고
발밑에 작은 고랑을 만들었지만
우린 아무것도 할 수 없었어

비스듬히 고개를 기댄 그는
사과 궤짝에 남은 썩은 사과처럼
검붉은 과즙을 흘리고 있었지

고요한 저녁이 오고 있어

작은 고랑은 가장자리부터 말라가고
무른 사과는 입을 조금 벌린 채로 편안해 보였지

한밤,
더러운 야전침대에 누워
불러야 하는 이름들이 있어

영문도 모르고 죽은 어린 영혼들
머리맡에 앉아서
정답게 속삭이는 것들

죽은 이름들이 너무 많아
내 이름을 잊는 날도 있겠지만

그래도 불러줄 거지?

눈을 감았다 뜨면

버려진 실내체육관이었지

간간이 총소리가 들려왔다

아주 오랜 대치 상태

손을 뻗으면 산산조각 나는 어린잎들
치맛단을 찢어 만든 붕대가 피에 절 때
네 눈은 작고 마른 씨앗 같고

서로 다른 끈으로 묶은 매듭처럼
너도 나를, 바라보던 기억

핀셋으로 집어 든 가볍고 하얀 거즈
한없이 투명한 구름이 흘러간다

눈을 감았다 뜨면

무너진 담장도
네가 흔들어대던 병든 라임나무도

없다

무성한 나무 그늘에 누워
낮은 휘파람을 부는 사람

너인가

나인가

새장 바닥에 떨어져 있는 흰색 깃털들

한없이 투명한 구름이 흘러간다

미래의 맛 2

오토바이를 타고 전속력으로 달렸는데
저 끝에서 무너지고 있었지
귀신은 다리를 건널 수 없다는 말이 떠올랐어

옛날의 그와 그녀는 바짓단을 돌돌 말고
검은색 리본이 달린 밀짚모자가 날아가지 않게
와글와글한 자갈돌처럼 웃고 있었는데
점점 좁아지는 흙길을 맨발로 걷고 있었는데

미래를 담은 트렁크가 떠내려가는 것도 모르고
정강이에서 어둠이 찰랑대는 것도 모르고

상한 조개를 파먹는 상상

지금쯤 조개껍데기로 만든 식탁에 도착해 있을까

미래의 그녀는 앵클부츠를 신고
검은 안장 위에서 거품처럼 웃음을 흩날린다
회전목마가 돌기 시작하면 어쩔 수 없어
미래로 착지하는 속도는 너무 빠르고

그녀는 떠밀려 온 조개처럼
소용돌이 속에서 쉽게 상해간다

금박을 입힌 왕관처럼 눈부신 거리
그녀가 깔깔깔 죽는 한밤의 거리

다리 바깥에서 돌진하는 그가
영원히 닿을 수 없는 거리

바람이 실어 나르는 모래언덕처럼
한없이 아득한

우리의 미래

두부 공장 블루스

연습실 밖은 안개로 자욱했어

나는 습자지에 눌러쓴 글자처럼
차가운 돌계단에 앉아 있었어
한없이 늘어지는 블루스가 흘러나오고 있어

오르막길이 막 시작되는 여기가
예전엔 두부 공장이었대

네모난 판 두부를 찍어서
차양이 내려진 식료품점으로 실어 날랐대

네가 느리게 스텝을 밟고 있는 그 스테이지도
김이 펄펄 나는 두부판 위였대

무딘 칼로 두부와 두부를 가르는 것처럼
슬로 슬로

이곳과 그곳의 경계

팔리지 않는 누런 두부들이 높이높이 쌓이는 날도 있었지
한여름 뜨거운 열기 속에서
지독한 쉰내를 풍겼을 거야
검푸른 곰팡이가 불길한 잉크 자국처럼 확,
번지기도 했을 거야

안개 속에서 나는
자꾸만 움푹 썩은 두부를 생각한다

아, 단단히 응고되는 뿌연 시간에 갇혀
너를 영영 잃을 것만 같아

황금빛 열기구

양잿물로 헹궈내던 질긴 한낮이 밤의 모퉁이에 내걸리고
가죽을 물들이던 사내들도 검은 모포 속으로 사라졌다

도시는 고요하고
밤은 무두질을 끝낸 가죽처럼 한없이 부드러웠다

황금빛 열기구가 내려앉은 옥상에서
우린 입을 맞추었지
결혼식 악사가 연주하던 기타 소리처럼
떨리는 입술
너의 피아니시모

베일을 쓴 신부는 그날 밤에 멈춰 있을까

검은 염료가 말라붙은 통 속에서 네가 내 어깨를 감싸 안
을 때

넌 여전히 하얀 셔츠의 시간

하객들이 쌀가루를 던지고

창백한 부케가 공중으로 떠오르는 순간

황금빛 열기구가 날아올랐지

끝없는 슬픔으로 팽창하던 열기구를 타고

영원한 폐허에 내려앉은 건
오직 한 사람뿐

오래된 나무통 속
글썽거리는 검은 눈동자

맞춤식 총 가게

마룻바닥에 번지는 핏자국처럼 가게 창이 물들었지

그는 몹시 늙어 있었지만
한눈에 알아볼 수 있었어
아주 오랜 단골손님

당장이라도 머리통을 날려버릴 것처럼
총을 고르곤 했지

그가 고른 총들은
그가 꿈꾸는 복수처럼 아름답고 치명적이야

오래도록 찾아가지 않은 방아쇠에는
식지 않은 분노가 소용돌이 모양으로 남아 있었어
녹슨 총구에도 반짝이는 눈알이 장전되어 있었지

여기는 주인 없는 증오들이 금빛 총알로 쏟아지는 가게

그는 죽은 여자의 반지로 작은 불꽃을 만들었어
미친 듯이 가동되는 꿈의 공장

잿더미로 만들기에 딱 좋았어

노쇠한 심장을 겨냥하는 불멸의 로맨티스트

금빛 화염 속으로 사라지는 마지막 단골손님들

검은 공단에 싸인 은빛 절망과
차가운 총구가 자아내는 낭만적인 비극

언제든 와주세요

너를 위한 맞춤식 총포

스팀 트레인

첫사랑을 닮은 맹인 안마사가 당신을 기다리고 있어요
그녀가 땀에 전 지폐를 건넵니다
안마용 싱글베드가 있는 목욕실
그 옛날 다이알 비누향이 납니다
기차 바퀴 같은 시간들일랑 욕탕 속에서 익사하라지요
교복 깃처럼 눈부신 타월입니다
그가 보이지 않는 눈을 들어 당신을 바라봅니다
안 보이는 건 당신뿐인지도 모릅니다

야구방망이를 들고 쫓아오셔도 소용없습니다
눈가에 푸른 멍이 든 그녀는 십 년 전 그날로 돌아갑니다
당신이 헤픈 꽃다발을 안겨주던, 개 같은 날들로
그녀는 있는 힘껏 당신을 날려 보낼 거랍니다
깡, 여자가 없는 세상 밖으로 만루 홈런 하세요

검은 호수 같던 남자의 눈도
남자를 닮은 백 그램짜리 태아도
소용돌이 모양으로 빨려 들어갑니다
아주 위생적인 입구로군요
보세요, 어제의 기억이 착상되지 않습니다

내일은 모스크바 어느 골목에서 개업합니다
피 묻은 셔츠를 입은 여성 동지들이
캐비닛마다 보잘것없는 유품들을 보관 중이죠
어제는 백 년 된 공중목욕탕이었다가 그제는 핀란드식 증
기 의자입니다

거대한 해머를 들고 오신 신사 여러분
뒤로 물러나 주세요, 데일 만큼 뜨거운 증기기관차니까요
여성 전용 객실이니까요

철도박물관

흰 수건을 얼굴에 덮은 초록색 장의자가 있습니다

철제 선풍기가 매달려 있는 객실에는
상큼하게 웃는 죽은 여배우의 사진이 걸려 있군요

모서리를 탁탁 쳐서 먹는 공복밖에는 팔 것도 없지만
무임승차들이 눌러앉은 배고픈 한낮에는
눈칫밥도 기꺼이 내놓곤 한답니다

캡슐처럼 고독한 공동 화장실이 있죠
달리는 선로가 그대로 보이는 금속 변기에 앉으면
단박에 모든 역을 지나쳐
세상에서 가장 슬픈 미아가 될 것 같아

덜컹덜컹 밤의 터널을 지나
우주표 가방 속으로 달려갑니다
두꺼운 파카를 입고 있어도 하아, 입김이 나오는 창가
발밑은 너무 뜨겁고 우린 모두 시린 코를 갖고 있어요

내릴 곳을 잃어버린 유년들이 빛이 점멸하는 행성을 향

해 떠나갑니다

겁에 질린 아이가 작은 주먹으로 차창을 탕탕 두드립니다

저쪽에선 들리지 않는 소리

순번 없는 꿈의 객실에 갇혀

기억 밖의 행성으로 떠밀려 가는

은하의 밤입니다

헌책방이 있는 거리

달은 미농지에 싼 동그란 밀떡

초를 칠한 계단은 폭이 좁은 치마를 입고 천천히 올라가
는 곳
간혹 표지가 낡은 책들이 길을 잃고 들르기도 하지만
작은 구리종이 울린 것도 옛날인걸

그래서 주인 할머니는 더 오래오래 잠들어 있지

머그잔에 말라붙은 검은 분말처럼 더 짙게, 짙게
밤이 오고 있어

책꽂이 뒤에 숨어 있는 그 애
흑백 삽화처럼 나타나선
다음 책장으로 넘어가 버려

동그랗고 납작한 밀떡의 원래 주인

오래전에 폐쇄되었다는 마을은
빛이 들지 않는 서가처럼 고요하고

그리운 먼지 냄새가 나

좀이 스는 책처럼, 그 애
가슴 언저리가 환해지는 병명을 가졌어

나무 계단에 앉아 있는
나처럼

계단이 있는 화실

덧창을 열면
오래된 목조 가게들이 마분지 빛깔의 골목에 서 있어
막 구운 빵처럼 따뜻한 빛깔

그 앤 갈색 외투를 입고 있어

텅 빈 화실에서 나는 물감 냄새
언제부터 비었을까, 이 화실
저녁이면 유황빛 등이 켜지는
이 거리

이곳은 꿈의 경계였지만
바닥에 남은 물감처럼 선명한 흔적도 있어

그 애의 검은 눈 마지막 밤의 이야기야

살짝 벌어진 입술은 뜨겁게 우린 나무껍질 맛

쿵쾅대는 가슴은 그러니까 더 뜨거운 맛

내 눈을 가리고 우는 너는
아주, 아주 쓴 맛

다시 한 번
다시 한 번

밤은 검은 벨벳처럼 부드럽고 따뜻했어
그래, 조금 바란 빛깔

Ⅴ. 칸나

밥집

여자가 계단을 뛰어 올라가고
뒤에서 부르는 소리가 났다

미처 다 올라가기도 전에
남자가 여자를 끌어안았다

비둘기색 작업복을 입은 남자와
앞치마를 두른 여자

그 남자의 무릎에는 그 여자가
그 남자의 가슴에는 그 심장이

가게 문이 열릴 때마다 놋쇠 종이 울렸지만
입술 없는 시간이 대신했다

김밥 두어 줄을 시켜놓고 아들을 기다리던 노파가
자랑삼아 색시 사진을 꺼내놓았던 것인데

하필 그 밥집에서.

남자는 양복을 입은 채로 그 저녁 밥집에 들어서고
여자는 따뜻한 국물을 말없이 내놓았다

잔반을 긁어 담고 있는 주인 할멈이 이편을 건너다보았다

처음으로 그는
처음으로 그녀는

늙어빠진 이념의 목덜미를

힘껏 조르고 싶어졌다

저수지식당

흠뻑 젖은 사내가 냉장고 앞에 서 있다

냉장고엔 무른 자두와 한쪽 뺨이 상한 사과

그가 서성이는 건
물바가지를 들고나오는 늙고 마른 손 때문

물배라도 채우고 가렴

먼 길을 짚어온 사내에게
식은 두부 한 모
내올 새도 없이
강바닥 같은 밤이 밀려든다

흩어지는 것들의 식사가 그러하듯
사내가 마지막으로 들이킨 국숫발이
구름의 뒤태를 완성한다

돌덩이 같은 음식을 삼키고
지상에 남고 싶은 사람

그가 냉장고 문짝을 붙들고 버틴다

왈칵,

서러운 빗물이 쏟아져 내린다

번개 한 다라

아파트 어귀에 멈춘 트럭이
싱싱한 번개 한 다라에 만 원! 한 다라에 만 원! 한다.

고무 다라를 탁 털어 넣어주는 것이
분명 멍게겠지만
아이스박스 어딘가엔 싱싱한 번개 몇 개도 숨겨놓았을
거라고
오랫동안 천식을 앓아온 고물 스피커의 허풍은 아닐 거
라고

번개 한 다라를 사면
볕이 안 드는 지하방 창문에 좀약으로 달아놓을까
소아병동 복도에 빛나는 모빌로 매달아 줄까

한 만 원어칠 더 사서
난방비가 없는 가난한 겨울에 후끈대는 장판으로 깔아
주고
아들도 못 알아본다는 아기씨 머릿속에 백열등으로 들
여주고
상이용사의 시든 가슴팍에 위대한 훈장으로 꽂아주자

아무래도 안 되겠다.
하나님의 번개를 모두 슬쩍 해와야 쓸 만큼 쓰것다

　무궁화 뺏지들에게 불벼락 똥침도 멕여주고
　똑똑한 강도들에게 천 리 밖에서도 보이는 황금 수갑도
채워주고
　오만한 만년필에게 겸손한 펜촉을 금니처럼 박아줄라면

한 백 년 치 번개는 당겨와야 쓰것다

쉬쉬 꺼진 내 사랑에 불씨 하나 써줄라면

폭주족 윈드 씨

폭주족 윈드 씨는 천둥오토바이를 타고 정말 시원하게
내달린다네
　신호를 무시하고 거침없이 질주하거나
　아무렇지 않게 역주행을 하는 것도 다반사라네

　도둑고양이만 한 야성이라고 깔보던
　콧대 높은 빌딩 옆구리를 일순 가격한 일도 있다네

　흙먼지 나는 길 위에서
　물미나리 같은 여자와 살림을 차린 적도 있지
　천지사방 피어난 개나리처럼
　아무 때고 실실 웃었더랬어

　낫으로 베어낸 듯 여자가 떠났을 때
　반쯤 미쳐서
　아무 집이나 손전등을 휘두르고 다녔지
　하지만 온 세상을 다 뒤져도
　도망간 계절을 찾을 순 없었네

　어느 바닷가 여인숙

살집 좋은 각시의 물빛 치마폭에 파묻혀 지내다가
방파제 끝에 철퍽 주저앉아 흐느끼는 날도 숱했네

이제는 하얗게 센 머리를
휘날리며 날 듯 날 듯
속력을 높여보는 사내

미스터 칼과 그의 측근

한달음에 달려가 안는다는 게 그만 사건 현장이 되고 만다
어느 불운한 사내는 초면에 손가락 다섯 개가 날아갔다
본래 평화의 이면에는 피비린내 나는 악수가 있는 법

칼은 주변에서 일어나는 모든 불행이 신의 뜻일 뿐
자신과는 무관하다고 확신한다
위대한 신은 불행마저 넘치게 배분하신다

미스터 칼이 외투 깃을 꼿꼿이 세우고 거리를 나선다
군살 없이 날렵한 몸매에 날 선 눈매도 매력적이지만
그의 매력은 뭐니 뭐니 해도
인간에 대한 무한한 애정이 아닐까 싶다

그의 측근 올드미스 도마 양은
나날이 주름이 늘어가는 거 말고는 별다를 게 없다

피비린내 나는 밤이 지나면 말갛게 씻겨 있는 여자

수배 중인 애인을 대신해 증거를 지우는 또 다른 공범

싱크대에 서서 졸다가도 수상한 인기척이 나면
아무 일 없다는 듯 해맑게 웃는 여자

공소시효가 지난 사건들처럼
천천히 잊혀져 가는 여자

그러므로 모든 사건의 배후에는

낙천적인 칼과 대책 없는 그의 여자가 있는 것이다

무궁화맨션 101호

흰 가운을 입은 그는 향수 감별사다

그가 파는 건 증류된 꽃향기가 아니다

경찰병원 복도를 목발을 끈 채 지나가던
절름발이 애인들의 마지막 체취 같은 것들을 판다

작은 유리병에 담겨 있는 것은
지하 단칸방 자주 역류하던 하수구 냄새나
오래된 목화 이불 냄새지만
폐 속 깊이 남아 있는 그리운 추억들

오늘 그가 판 것은
삼십 년 전 시골 학교 운동회 날
가슴을 두근대게 하던 요이 땅! 화약 냄새
싸리나무처럼 마른 소년이 가졌던 생애 최초의 영광

그는 아무런 가미 없이 순수하게 농축된 그것들을 파는
것으로 정평이 나 있다

그래서 세상 모든 향기를 가졌지만 아무런 향기가 없는
남자

함부로 추억할 수 없는 직업병을 가졌지만
어쩔 수 없이 떠오르는 것들도 있다고

내 첫 여자의 수줍은 살 내음

그 잊을 수 없는 향기가 오래 묵은 병 밑에서 떠오르면
그도 회한에 젖는다고 한다

혼자만 갖는 고유한 추억이라는 게 있을까

어쩌면 그가 파는 향기들은
그에게도 익숙한 목록들일 것이다

용사 K

전쟁 용사 K는 갈비뼈가 하나 없다
총에 맞아 구멍이 뚫린 것인데

그때 분대장이 말했다
뛸 수 있으면 뛰고
아니면 여기서 죽게

그는 쏟아져 나오는 내장을 틀어막고
죽을힘을 다해 뛰었다
공기 중에 퍼지는 짙은 피비린내가
옆구리가 터진 붉은 하늘의 것인지
무른 홍시처럼 퍽퍽 떨어지는 어린 목숨들의 것인지
알 수 없는 저녁이었다

전쟁 용사 K는 빗소리가 다발총처럼 박히는 날이면
개처럼 엎어져서 방공호를 파는 기이한 버릇을 가졌다
그의 아들들은 녹슨 삽처럼 처박혀 있는 그를
툇마루에 눕혀놓고 술을 받아오곤 했다

전쟁 용사 K의 용맹한 팔뚝엔 작은 문신이 하나 있었다

군에 있을 때
전우들과 함께 새긴 것이었는데
누구는 일심一心이라고 하고
누구는 용사勇士라고도 하고
저마다 기억하는 게 달랐다
때론 문신이 있었는지 기억조차 못 하는
무심한 세월도 있었다

그가 한평생 목숨을 걸고 지킨 이념이었는데도 말이다

도시락폭탄제조회사

독립운동가의 후손이 설립했다는
도시락폭탄제조회사는
영세한 양은도시락공장이라지요

시장통에서 파는 도시락통과 별다른 건 없지만
밑바닥에 작은 태극마크가 있는 것이 정품이랍니다

의사가 쓰셨던 그 사이즈 그대로
분노한 가슴이 품기 알맞습니다
고전적 외관을 비난하는 세련된 여성 동지들을 위한
헬로키티도시락도 구비하고 있습니다만
원산지를 향해 투하해야 되는 규칙이 추가됩니다
위장술은 자국민에 대한 애착에서 비롯되는 거니까요

동료의 낯짝에 멀쩡한 도시락을 내던지거나
라이벌의 유니폼에 반찬 국물을 쏟는 일은
도시락의 감정에 위배됩니다
주걱으로 꾹꾹 밥을 눌러 담을 때의 악력과
김칫국물이 든 밥알을 닥닥 긁어 먹는 서러운 숟가락이

포함됩니다
  수만 개의 밥알에 응축된 미래까지
  원수를 향해 힘껏 내던져야만 합니다

  떠나간 애인과 교활한 빚쟁이와 악랄한 군대 고참이 떠
오르는 밤에도
  폭탄은 차갑고 시계는 멈춰 있습니다

  걱정 마세요
  증거는 인멸되고
  고문과 투옥의 시간도 사라집니다

  던지자마자 기화되어 버리는 최신식 폭탄

  감쪽같이 원수와 내가 사라집니다
  원수의 원수는 아마도 당신일 테니까요

  주문은 많지만 찾아가지 않는 맞춤 도시락들이
  당신의 이름을 걸고 대기 중입니다

116

자, 유령 같은 감정만 남은 당신
산산이 흩어질 준비가 되었나요?

K의 방주

우리가 살아남은 건 어떤 계시가 아니라
우리가 요트족이기 때문이야

오늘은 남쪽 바다에 닻을 내렸어

은박 봉지에 담긴 시리얼들이 해파리처럼 떠오르는 곳
과일 통조림 같은 위안들은
더 깊은 곳에 처박혀 있겠지만

식품 창고에서 생수병을 목에 건 사내를 봤어
장기 투숙객이 된 사내는 너무나 평화로워 보여
과자 봉지처럼 가벼운 사내의 근심들이 사방을 떠다녔지
앞서가던 다이버가 엄지손가락을 추켜올렸어
영주권 나온 거
축하!

운 좋으면 침몰된 군함을 만날 수 있지
우리는 하얀 제복을 입은 담배꽁초들을 꺼내놓고
방금 죽은 미래를 쑤셔 넣는다

영원히 침몰하는 행운, 네게 줄게

잘 마른 돛처럼 바삭한 스낵을 먹으며 감사해
아직 남은 우리들의 유통기간을
만기 된 보험증서 같은 나날들을

가랑이에서 뚝뚝 피를 흘리며 소녀들은 사탕 껍질처럼
웃고

오늘은 비린 회를 먹기에 아주 좋은 날

다만, 일 인분의 숨

신동옥(시인)

첫 시집 『꼭 같이 사는 것처럼』(문학동네, 2012)에서 임현정은 이렇게 썼다. "여기선 타인의 슬픔을/ 속이 꽉 찬 조개에 비유해" "검은 머리카락은 끝없이 자라나/ 그것 말고는 아무것도 없는 마을// 그래서 이 마을의 이름은/ 내 꿈의 균열 혹은 찬란한 나무 그림자"(「조개잡이」) 이야기는 이렇다. 먼저 꿈이 있다. 꿈의 원상原狀으로서 세계가 있다. 어느 순간 그 꿈이 '아직 삶이 아니'라는 것을 자각한다. 에른스트 블로흐의 말대로 꿈은 본질적으로 '아직 ~이 아닌' 가능성의 영역이기 때문이다. 세계는 조각난 꿈이 만들어낸 나무의 그림자와 같은 형상으로 탈바꿈한다. 무수한 가지와 이파리에 꽃과 열매를 거느리고 있을 테지만, 지금은 다만 무채색에 구멍이 숭숭 뚫린 그림자로 보이는 '이미지의 세계'일 따름이다. 균열과 파편들이 모여 인간이 사는 마을을 이룬다. 무채색의 음영은 끝없이 자라나고 마침내는 도시를,

담벼락을, 집을, 공원을 뒤덮는다. 타인은 나의 외부로 존재하는 '가능성'의 영역이기에 그이의 고통 또한 나의 그것과 다르지 않다. 이 다정한 거리 감각이 임현정 시의 출발점이었음을 상기하자면, 그의 정조가 '슬픔'에 뿌리를 두고 있었고, 그 슬픔은 감각의 의인화로서 '프로소포페이아'에 기대고 있으리라는 것은 예상 가능한 작시법의 귀결이다.

첫 시집 해설을 쓴 김수이는 임현정 시의 특장을 "뛰어난 감각적 재능으로 일상의 사물과 공간을 생생히 미각화(味覺化/美覺化)한 풍경들"(김수이, 「'없는 가게'의 빈 의자에서 시 쓰기」, 『꼭 같이 사는 것처럼』, 문학동네, 2012)을 발견하는 재능으로 요약했다. "임현정이 첫 시집에서 정성 들여 작성하는 것은 이 이상하고 슬픈 세계에 존재하는 상실과 부재의 목록이다."(김수이, 같은 글) 이번 시집에서 '감각적 재능'은 여전하고, '미각화 전략'은 더욱 농밀해졌다. 그것들에 더해져 세계를 다른 방식으로 '엮어 쓰려는 충동'으로서 미토스mythos가 시작되었다는 점을 눈여겨볼 만하다.

이 시집에서는 임현정식의 동화 쓰기가 이야기와 인칭의 발견으로 드러나고 있다. 시에 잠복하는 내러티브는 까다로운 분석 층위다. '현대의' 시인들은 시를 언어학적 대상으로 간주하며 읽도록 구조를 부여한다. 구조 속에서 이야기는 낱낱으로 쪼개지고 조각이 난다. 독자는 이처럼 작가의 감각과 감각의 생산양식이 '요령부득의 언어' 속에 '독창적으로' 은폐된 미학적인 구조물로 시를 접하는 것은 아닐까? 요컨대, 이미지를 '재현적으로' 다루고, 이야기를 만들어내는 주된 인식적인 기법이 '묘사'라고 가르치는 '주의-주장'은 이제는 다만 헛물켜는 '수사학'쯤으로 읽힐 수도 있다는 것이다. 완결되었건, 조각났건 이야기성은 메시지 이전에 주어진 '시의 선결 조건'이기 때문이다. 이것은 일인칭 장르로 통용되어 온 고전적인 시의 인칭 의미론을 수월하게 넘어설 방법론을 제시할 수도 있다. 이미지를 통한 언어화의 결과는 굴절, 반사, 전도, 왜곡과 같은 부정적인 뉘앙스를 거느린다. 수많은 시인들이 '관념'을 사상하려고 노력해온 결과를 눈여겨보라. 애당초 전하고자 하는 관념이 메시지가 된다는 가정에 기댄 언어는 소박하기 이를 데가 없다. 그러나 쓰기 전에 우선 읽는 자로서 시인 입장에서 보건대, 시를 통해 생산된 이미지를 읽는 효과는 환영, 그림자, 역상, 망상, 오류의 재생산일 수도 있다. 이 지점에서 시는 이야기의 '픽션'과 재접합된다. 이야기는 인칭을 규정하는 시점에 따라 행간을 조정한다. 임현정의 이번 시집 역시 이 구도를 따라가는 것으로 읽힌다.

우선 시집의 제목부터 눈여겨보자. 임현정의 말버릇 가운데 하나는 복합명사의 형태의 '낱말 묶음'으로 자신만의 그림을 만드는 어법에 있다. 「잭필드여름숨쉬는바지」「바다눈물손수건」「사과시럽눈동자」「파인애플편의점」「건포도유원지」「도시락폭탄제조회사」「저수지식당」 등에서 살펴볼 수 있는 것은 임현정식 '복합명사의 수사성'이다. 임현정은 으레 이야기의 모두冒頭를 열 때, 문장을 툭툭 던지듯이 첫 행을 연다. 시 속에서 전개되는 '내러티브'를 장악할 '신념'

같은 것이 애초에 없다는 것을 스스로 드러내면서 이야기에 몰입하게 하는 의도일 것이다. 짐짓 딴청을 부리듯이 다른 이야기를 던진다. 물론 시인은 어떤 메시지를 의도하면서 이야기를 항용 재구성해서 보여준다. 임현정이 중요하게 생각하는 것은 이야기 속에 담긴 내러티브와 본인이 애초에 전하고자 했던 메시지가 빚어내는 간극 내지는 거리인 것처럼 여겨진다.

시에서 이야기는 대부분 '알레고리'의 구도를 만들어낸다. 시인이 믿어 의심하지 않는 '진리'와 수사 사이의 매개가 만들어내는 효과에 주목하기 때문이다. 이야기는 그 자체로 시의 '신포도'와 같은 존재로 여겨진다. 무언가 강력한 믿음을 환기할 경우 고답적인 계몽으로 끝날 수 있고, 수사가 풀어질 경우에는 산만한 에피소드 더미로 전락할 위험이 있기 때문이다. 이 지점에서 이야기성이란 시인이 담지하고 있는 시작과 끝에 대한 신념 내지는 무의식과 연관된다. 대부분 설화나 동화의 모티프는 여기서 시작된다. 모두가 아는 이야기를 어떻게 비틀고 있느냐가 관건인 셈이다. 미토스로서의 이야기는 신화와 비슷한 구도를 따라간다. 전제된 확고한 진리는 윤리적으로, 정치적으로 타당하게 받아들여지는 힘과 권위를 가진 내러티브다. 동화는 이 지점에서 힘과 권위를 탈각한 미토스가 된다. 동화는 민중의 양식, 약자의 양식이다. 현대의 동화에는 그러나 메르헨이 없다. 임현정은 첫 시집에 쓴 대로, 이미 꿈의 원상이 파괴된 세계에서 동화는 시작된다. 임현정의 동화는 '하이마트'가

파괴된 삶의 무대에서 받아 적히는 이야기다.

그런데도 임현정은 아주 멀리서 삶을 관망하고 있는 듯하다. 내러티브에 동원된, 녹아 있는 이야기들을 살펴보면 대부분 '구체적인' '일상적인' 삶의 우화들이다. 예를 들면 이런 식.

스댕을 모아 만든
백동전 같은 별이 있다면,

너는 어느 냄비에 담겨질래?

팟, 하고 익어버릴지도 몰라
빨간 국물 속에서 팟 팟 파 맛으로

모퉁이를 도는 매운맛 바퀴라니
파 맛 나는 깔창이라니

심장에 자루가 달려 있다면
혼자 먹기엔 모자라는 국자의 분량으로
일 인분의 숨은 얼마나 쉽게 바닥날까

나빠지기 위해 태어나는 것들도 있지
불꽃을 내며 타들어 가는 은박 라벨들처럼
연기로 블록을 쌓을 수 있다면

구름은 도미노 같은 계단 끝에서
뭉게발꿈치로 불씨를 비벼 끌 텐데

한 눈이 한 눈을 사랑해서 그만 사팔뜨기래
내가 다른 별을 사랑해서 산더미 같은 해일이래

은빛 스테인리스가 밀려온 해변

어쩌면 스뎅이 아닌지도 몰라,
온기를 가졌던 한때를 부르는 이름

—「별」부분

이러한 구절, "너는 어느 냄비에서 반짝할래?"(「별」). 더
나빠지기 위해서 태어나는 삶이라니! 비극의 주인공도, 희
극의 주인공도 그렇게 태어나지는 않는다. 관객 앞에서 결
말이 빤한 삶을 전시하면서도 그것을 넘어서는 주인공들의
악전고투를 그려내는 방식으로 비극과 희극은 본래의 이야
기성을 쟁취한다. 그런데 더 나빠지기 위해서 태어난 삶이
라니. 이 말은 더 나았던 한 시절이 미래가 되는 삶을 상상
하는 이야기로 고쳐 읽을 수 있을 것이다. 시인이 쓴 그대로
"온기를 가졌던 한때를 부르는 이름"이 삶을 지탱하기 때문
이다. '일 인분의 숨'이라니! 슬픔이 삶을 잠식할 때, '나'라는
인칭은 숨어들고, 기어들고, 무채색에 가까워진다. 그런 방
식으로 존재하는 인격이 된다. 내가 세상에 있지 않고, 없을

125

수 있다는 사실만큼 아마득한 의심이 또 있을까? "보세요, 어제의 기억이 착상되지 않습니다"(『스팀 트레인』). 시가 일인 칭의 언술일 수 없는 이유다. 임현정식의 '인칭 의미론' 속에 서 일인칭은 기억이 없으므로, 역사와 행위의 조건이 되지 못한다. 시는 기억으로 이어지는 역사와 행위의 조건이라는 점에서 차라리 동화에 가까워진다. 신화가 아닌 동화. 여기 서 '일 인분의 숨'은 인간을 인간이게 하는 최소한의 조건이 다. 지척에 귀를 대고 듣지 않고는 도무지 거리를 확인할 수 없는 지경일 때, 숨을 나눈다는 말은 얼마나 아득한가? 슬 픔은 처참한 연민이다. "굴뚝에 빠져 죽은 어린애처럼/ 난 점점 검어지고, 점점 더 타들어 가"(『지우개』) 사라지고 있다.

사라지는 일은 '그라는 3인칭'의 소관이다. 그는 부재하 는 인칭이 만들어내는 이야기 속의 존재이기 때문이다. "모 두 흩어지는 것들은 구름의 습성을 닮았어"(『어쩌다 곰』) '죽은 것들만 먹는 길들여진 곰'이 될 바에는, "참으로 알뜰하게 발라 먹힌/ 맛있는 곰"이 되는 것이 더 낫다. 버티다가 곰인 채로 죽어 먹히기를 택하는 경우에는 '곰이었던 자신의 기 억'을 간직할 수 있기 때문이다. 길들여진다는 것은 '자신이 무엇이 되고자 했는지'를 잊게 만든다. 무엇이 되고자 하는 바(What one wants to be)는 정체성을 규정한다. 올곧게 있으 므로 과거에서 미래까지의 시간을 한데 꿰어 '지금'을 사는 능력이 바로 정체성의 조건이기 때문이다.

시에서 요리의 과정과 재료와 음식을 유비하는 표현들이 여기저기 등장한다. 임현정의 물음은 이런 방식이다. 조리

하는 손에서 먹는 손까지의 거리는 얼마나 될까? 재료에서 음식까지의 과정이야 그렇다손 치고, 익히는 손과 살을 발라내는 손은 다른 이의 것인가? 재료와 조리법이 있을 뿐이다. 이 과정을 올곧이 자신의 삶으로 가져올 때, 익히는 손과 먹는 손은 하나가 된다. 요리는 상품 물신이 아닌 까닭이다. 재료와 결과를 구분하는 것은 요리 속에 담긴 이야기의 필연적인 인과다. 삶의 재료와 결과를 구분하는 것은 '신화'나 '비화'의 영역이다. 그것은 힘 있는 내러티브의 소관이다. 인간은 이러한 방식으로 특칭과 전칭을 구분한다. 기이하고 낯선 것들만 새로운 단어를 부여받는다. 다른 이름을 붙여서 일반적인 의미에서 분리시키는 명명의 작동 방식. 보통의 존재가 아니라 특이한 무언가가 된다. 여성, 장애인 등등에 덧붙여진 의미는 이런 방식으로 매겨진 특칭들이다. 그것들에 무차별적인 의미를 회복시켜주는 일은 보통의 존재로서의 의미를 돌려주는 일이다. 전칭으로 부르기란 임현정식으로 다시 쓰자면 "온기를 가졌던 한때를 부르는 이름"(「별」)을 재발명하는 과정과 같다. 물론 수월한 작업이 아니다. 장애는 이야기 곳곳에 도사린다.

천 개의 이빨로 할 수 있는 일이

고작 연기를 무는 일이라니

모락모락한 의심 대신 진실을 말해볼까

물빛 지느러미를 잘라, 수프를 끓인 작자가 누군지

심증뿐인 샤크는 쿠키 커터에게 전활 걸어

이참에 생일파티 어때?

구워 먹을 반죽들이 산더미야

제발,

무서워 죽겠어, 남겨진 내가

결국 미뤄질 거야

꼬불꼬불 전화선에 매달려

한 번만 불러보면 안 돼요?

엄마,

잘 있지?

나도,

물속으로 드리워진 전화선

　　　　　　　　　—「Under the Sea-yellow ribbon」 부분

　모든 레시피는 조리 과정이다. 날것이냐 익힌 것이냐를
결정하는 과정. 그것은 배제의 과정이다. 맛의 가능성을 지
우고, 완성된 조리품이라는 진리만을 남겨놓기 위해 수행
하는 갈라치기의 과정이다. 조리는 차이를 지우고, 단일한
'수법'만을 정답으로 남겨놓는다. 모든 조리는 조작이다. 조
작이 하나의 완결된 알고리즘으로 태어날 때, 우리는 '맛있
는 TV'를 켜고 식도락가들의 기름이 번들거리는 입을 본다.
일류 요리사의 권위적인 악담을 눈물겨운 격려로 고쳐 읽는

다. 우리가 먹는 "그건 억울한 양의 염통/ 토끼가 씹던 당근 조각이거나"(「3분 카레」) 무엇이든, 온기를 잃은 심장이 접시 위에 남겨둔 마지막 전언일 수도 있다. 이쯤이면 날것과 익힌 것을 구분하는 일은 문명이나 인간성과는 하등 상관없는 '조리법'에 불과할 수도 있다. "심장에 자루가 달려 있다면/ 혼자 먹기엔 모자라는 국자의 분량으로/ 일 인분의 숨은 얼마나 쉽게 바닥날까"(「별」) 일 인분의 숨은 공유하기도 전에 바닥이 난다. 우리는 서로 이미 우리 몫으로 주어진 것들만을 나눌 수 있다. 시인이 되살려내야 할 이름들 역시 마찬가지다. 임현정은 그것을 '죽은 이름들'로 고쳐서 쓴다. "죽은 이름들이 너무 많아/ 내 이름을 잊는 날도 있겠지만// 그래도 불러줄 거지?"(「사과 궤짝」) 이야기는 여기서부터 기나긴 애도의 길을 따라간다.

여기에 없고, 이야기를 만들기 전에는 불러낼 수 없는 거리의 인칭. 없는 그를 '내 삶'으로 이끌려는 의지는 프로소포페이아다. 애도와 의인화 사이에서 비유는 작동한다. 그 칼날 같은 감정과 감각으로 이야기는 생명력을 부여받는다. 3인칭은 '프로소포페이아' 속에서 태어난다. "그는 아무런 가미 없이 순수하게 농축된 그것들을 파는 것으로 정평이 나 있다// 그래서 세상 모든 향기를 가졌지만 아무런 향기가 없는 남자"(「무궁화맨션 101호」). 그는 나와 당신 사이를 매개하던 하릴없는 정조와 태도를 모두 무화하고, 거리를 다시 잰다. 그는 농축된 인칭의 거리를 재게 만드는 영점이자 가늠자다. 그리하여 그는 어디에도 없지만 도처에 편재하는 향기와 같은 존재가 된다. 이렇듯, 3인칭은 부재의 의인화인 셈이다. 그렇다면 '그'가 하는 일은 무엇인가? 그는 "해 질 녘 골목을 샅샅이 뒤지는 사람"(「지우개」)이다. 그는 나를 대신하여 세상에서 '지워져 가는 나'를 찾는 자이다. 나를 찾아 이야기 속에 기입하기 위해 싸우면서 이야기의 지도 위를 헤매는 자이다. "물고기들은 지느러미가 발이 되는 순간을 기억할까요/ 그렇게 먼 미래의 일"(「로드 뷰」), 이야기의 지도 속에서 순간이 영원으로 이어져 우리의 미래가 된다. 무시간이 된다.

임현정이 쓰는 꿈의 원상은 바로 이런 이미지다. "본래 꿈은 암수 구분이 있다죠/ 새끼를 까지 못하는 수수한 꿈들만 헐값에 팔린대요"(「물가 집」) "이곳은 꿈의 경계였지만/ 바닥에 남은 물감처럼 선명한 흔적도 있어"(「계단이 있는 화실」) 꿈과 현실의 경계가 명확한 이야기 속의 지점, 거기에 암수의 구분이 없고, 인간과 동물의 구분과 경계가 없는 것들, 또는 명확하고 자명하게 주어져서 누구나 있는 그대로 받아들일 수 있는 차이들. 그러나 지금 '이름'을 잃은 주인공들로 가득한 이야기 속에서 안타고니스트도, 프로타고니스트도 정답게 소멸 중이다("우리는 정답게 소멸 중인 거죠?", 「사카린」).

폐가처럼 불쑥 나타나지

그래도 사람 사는 마을에 들렀다 가라고
마지막으로 한 번 더

헛불이라도 켜고 가라고
가파른 산길마다
전등처럼 반짝하지

죽은 줄도 모르고
새살림을 차리면 어쩌나

나무 뒤에 숨어 기웃대는
애인

땅바닥에 엎질러진 당신을
쪽쪽 먹고 자란
예쁜 유령

그리운 당신을 향해
한 발 더 내딛다가
땡볕에 녹아내리는

나라는
버섯

　　　　　　　　　　　—「나라는, 버섯」 부분

　지붕 같은 것들, 인간을 보호해주는 것들, 사람이 태어
나 처음 마주하는 보호막인 엄마의 뱃가죽, 거기 돋아나는

까만 임신선의 무늬 같은 것들을 상상해보라. 우리가 애초에 가졌을 소중한 무언가를 가려주고 덮어주는 아늑한 무늬와 색깔을 떠올려보라. 그것이 욕망이라면 균사를 키우다가, 적당한 습기와 음울한 기운이 퍼질 때쯤에야 포자를 터뜨리겠지. 그렇다. 도무지 목적과 쓸모를 짐작할 수 없는 과도한 치장으로 기둥을 세우고, 지붕을 올린 마음이 있다. 폐가와 같은 자존심도 있다. 그런 것들은 도리어 쓸모가 없는 것들이다. 비자율성 속에 자율성이 있고, 무목적성 속에 목적성이 있다. 버섯은 다만 '습기'를 가득 품어 안음으로써 스스로 고유한 색과 향을 만들어낸다.

감각은 목적을 지향하지 않는다. 이야기는 그러나 끝을 지향한다. 이야기의 끝은 '이상향'이다. 그것은 카타르시스와 버무려진 대단원이기 때문이다. "나무 위에서 늘어지게 하품을 하는 표범의 이가 붉다/ 가장 안전한 곳이 이 무거운 쇠바퀴라는 거/ 믿겨져/ 내달리는 건 우리가 아니라 이 레일이라는 거"(「레일을 달리는 소녀」). 안전한 곳은 늘 앞에 펼쳐진 길이 아니라 신발 속이었다. 애초에 달리기로 작정을 했다면, 종착지는 걸음을 옮기는 순간순간 자신의 몸뚱이다. 몸을 가리고 보호해주는 덮개가, 신발이 '길의 집'이다. 우리에게는 늘 방향이 정해진 길이 있었지만, 그것을 잃고 여기 없는 곳에서 '메르헨'을 찾는다. 동화는 잃어버리고 살았던 손가락과 눈동자를 들여다보게 한다. 동화 속에는 몸뚱이가 있다. "길 위의 선지자"(「레일을 달리는 소녀」)는 묵시록이나 신화나 비화 속에 있는 것이 아니라, 동화 속에 있다. 다만 그것이 희극이 아닌 한에서 말이다. "사라진 이름, 사라진 기억들로 빼곡한 지하 서고"(『레일을 달리는 소녀』)를 재구성하는 낱낱의 이야기들 속에는 우리가 애초에 가고자 했던 '천국'이 도사린다.

시집은 '나의 이야기'에서 출발한다. '당신을 부르는 호명'으로 이어지던 행간은 어느새, 나와 당신 사이에 가득한 '부재하는 자들' 바로 그 3인칭에 대한 물음으로 빼곡해진다. 두루 알다시피, 3인칭은 나와 당신 사이에 부재하는 질서를 설명하기 위해 만들어낸 물음의 질서다. 0이라는 숫자가 인도에서 태어났다면, 3인칭은 저 아라비아의 말 속에서 태어났다. 그곳은 신화와 동화의 경계가 지워진 채로, 구술과 기억과 문자로 한데 적힌 문학의 역사를 간직한 곳이다. 당신을 사랑한 후에야 나는 당신과 같은 이들이 내 주위에 흔하다는 것을 안다. "네가 떠난 후에도/ 내 사랑은 아주 잠깐 팔딱이는 걸"(『빛』) 기억하는 나의 몸이 있기에 당신은 나와 같은 '몸을 가진 모든 사람'으로 탈바꿈한다. 당신은 어디에나 있고, 어디에도 없는 존재다. "널 닮은 난, 바스락대는 귀를 가진 예쁜 짐승"(『사과시럽눈동자』)이므로, 당신이 어디에 있건 당신이 만들어내는 온갖 숨과 호흡을 듣고 함께 나눈다.

"아, 단단히 응고되는 뿌연 시간에 갇혀/ 너를 영영 잃을 것만 같아"(『두부 공장 블루스』) 나의 기억과 고집스러운 사랑 속에서 '영원히 깨지 않는 네 눈동자가 되어' "가끔은 네가 나인 것 같"은 착각에 사로잡힌다(『사과시럽눈동자』). 아니 착

133

각이 아니라 당신이 나인 삶을 이어간다고 써야 맞으리라. '노랑내 나는 모국어를 잊고 구워지는 김처럼'(「김」) 당신이 온 세상에 두루 편재한다는 사실은 당신의 부재를 나의 오롯함으로 뒤바꾼다. 여기 없는 당신은 어디에도 없는 '그들'과 같을 수도 있다는 자각. 여기에 '선/악'으로 재단되는 절대적인 차이의 윤리가 들어설 자리는 없다. "그는 몹시 늙어 있었지만/ 한눈에 알아볼 수 있었어/ 아주 오랜 단골손님"(「맞춤식 총 가게」), 그는 이야기 속에 연속되는 행위로 존재한다. "그가 고른 총들은/ 그가 꿈꾸는 복수처럼 아름답고 치명적이야"(「맞춤식 총 가게」) 그는 나의 숨소리가 지워지고, 그로 인해 당신이 희미해져 가는 동안에도 끝없이 움직인다. 움직임을 역사화하여 그것을 무기로 운명을 만들어낸다. 그러니까 그는 '부재'라는 단어를 망각이 아니라 기억으로 바꾸는 이야기의 '안타고니스트'인 셈이다.

유연하게 나를 당신으로 바꾸고, 다시 여기에 없는 모든 사람으로 바꾸어 부르는 사랑스러운 말 씀씀이. 임현정의 시는 이렇게 시작된다. 구도는 이렇다. '나/당신, 우리—당신, 나 vs 3인칭'으로 가지를 쳐나가는 인칭의 변화는 일종의 조사(lexis)다. 인칭의 구도가 바뀔 때마다 시선이 옮아간다. 이야기의 골간이 만들어진다. 인칭은 일종의 줄거리인 셈이다. 임현정의 시에서 인칭과 감각은 시적인 이야기(mythos)의 필요충분조건인 셈이다. 임현정의 감각은 특유의 아포리즘에서 빛난다. 예를 들어, "안녕, 내 사랑/ 비로소 햇빛이네"(「뼈로 만든 목걸이」)와 같은 구절. 찰나를 붙잡는 아포리즘이 행간에 빛난다. 구름 사이에 언뜻 비끼는 늦겨울의 봄빛처럼 의미는 감각에 닻을 내린다. 임현정은 감각이 더 날카로워졌고, 이야기가 더 웅숭깊어졌다. 감각과 이야기를 섞어 쓰겠다는 것. 과감한 시도로 읽힌다.

이미지 이론가인 미첼은 이렇게 썼다.

> "경멸은 이미지가 무력하고 말이 없고 열등한 종류의 기호라는 확신에서 나온다. 이에 반해 공포는 그러한 기호와 기호를 믿는 '타자들'이 권력 탈취와 발언권의 전유화 과정 속에 존재할 수 있다는 인식에서 유래한다."(W.J.T. 미첼, 『아이코놀로지』, 임산 역, 시지락, 2005)

인간은 이미지에 대한 공포를 가지고 있고, 이야기에 대한 친근감을 가지고 있다. 임현정이 만들어낸 이기 속의 세계는 '라블레의 식탁'과 같이 온갖 감각이 함께하는 행간을 이어간다. 파국을 들여다보는 시야가 발랄함을 잃지 않을 수 있었던 이유다. "온갖 향신료에 버무려진 이 맛난 수프/ 너와 내가 뒤섞인 최후의 만찬"(『브레인 커리』)이 차려진 행간이다. 지금은 "기억 밖의 행성으로 떠밀려가는/ 은하의 밤"(『철도박물관』). 사라진 이름들을 기억하려 새로운 이야기가 끊임없이 발명되는 시간. "걱정 마, 금세 다시 차오를 거야/ 우리의 바다눈물손수건"(『바다눈물손수건』). 애도를 수반하는 의인화는 계속되고, 그렇게 다시 쓰인 우리의 메르헨 속에서 눈물은 차올라 물길을 트고 바다로 나아간다. 강고한 승자독식의 신화를 지운 자리에 다시 쓰인 우리만의 '현실 동화' 속에서 나와 당신과 그가 모두 '일 인분의 숨'을 나누어 갖는다.